Date　　/　　/　　　　　　　　　　　　　　　　　　　　No.

続・へのへのもへじ

ネイ小記

Shoki Nei

文芸社

念のため
お伺いしますけど
親孝行って
親がするもの、子がするもの？
もひとつ、おまけに
働かざる者、食うべからず
って
死語？

わたしのことは
わたしで存分に
始末をつけましょうから
あなたは
あなたのことを
――デルフォイの神託より

おお
これはこれは
まるで
♪霧の摩周湖♪
みたいな
とある
朝まだき

ちょくちょく
髪型を変える
Y・Kさん
たいへん
目の保養になります
お仕事
がんばって下さいね♡

そぼふる、雨ンなか
富山マラソン
ならびに、ほんこさま
ならびに、ミニ・バスの試合
ならびに、天皇賞
ならびに、その他もろもろの
行事・イベントに参加された
皆々様方へ
おつかれさまでした

——つづく

かくいう、わたくしメも
草刈りの約束をすっぽかし
日がな一日
ない知恵をしぼって
一日一善ならぬ
一日一筆運動に
いそしんでおりました、とさ
ちなみに
天皇賞の予想は、大当たり
こちらのほうは……、ハズレです

号外‼
富山県の女性の皆様
いよっ‼　日本一‼
美肌

ごろじまの
さつまいも
箱ごと、まるまる
いただきました
はふはふ
ほくほく
ぷうぷう

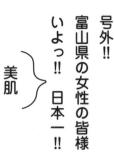

なにはなくとも
ときめきたいの

今どきの
金次郎さんって
座って、本を
読むそうな
しかも、少々
メタボ
（歩きスマホ、禁止!!
だからだそうです）

スズメの目ン玉は
とってつけたようですが
人間様のおメメは
口ほどに
ものを言います

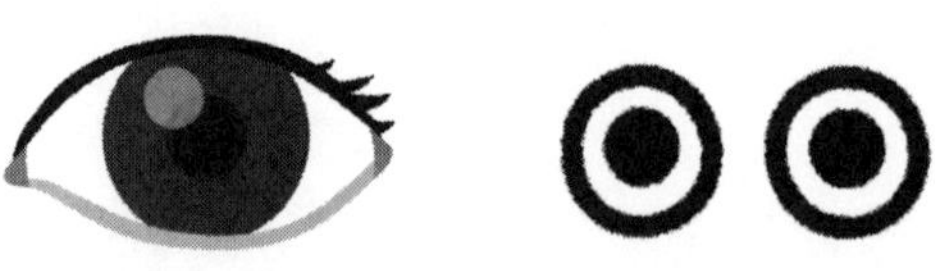

♪こっちの水は
あーまいぞ♪
「えっ?
どっち
どっち」
って
右往左往する人々

ひさかたぶりに拝む
立山連峰は
急ブレーキを踏むくらい
木村さんちの坊やが
カメラ片手に飛び出してくるくらい
誰が撮っても、写真コンクール
1位、間違いなし‼　な、くらい

それはそう
ホントにそう
それならそうと
言ってくれればいいものを
何とでもなろうものを
それがそうはならないのが
運命の、いたずら

イワサキさんが、大格闘のすえ
つかまえたイノシシだそうです
実物が見たければ
西のお山をウロウロしていれば
運がよければ、遭遇するやも
ついでに
鹿と蝶にも出会えれば
これがホントの
〝いのしかちょう〟
なんちゃって

心が
途切れたなら
ジ・エンド
ザ、じゃないよ
ジ、だよ

だって
心の準備が
……
そんなの
あとから、あとから

リリィさんへ
♪心が痛い♪んなら
体を鍛えなさい
しかも
自力で

コンビニを出たとたん
鳥のフンが、頭にペチャ!!
ときた、お兄ちゃんへ
むかしむかし
空から降ってきた亀が命中して
即死した悲劇詩人にくらべれば
ドンマイ、ドンマイ

ねえ
達磨《だるま》さん
どっちへ転んだって
同じでしょ
って、知ったふうな
口をきくのが
僕の、弱点なんでしょうね

何がしたいの
どうしたいの
あれこれしたいの
じゃ
すれば

『星にも友情はある』
って、本当かな?
だって、万が一
星くんと星くんが
ガッチリ握手したり
ましてや、キス&ハグなんか
しようものなら
それこそ
〝アルマゲドン〟じゃないですか
でも、よくよく考えてみれば
そういうことって
日常茶飯事に
起こっているんだから
やっぱ宇宙って、偉大なり

アメリカの
『自由の女神』って
フランスが
独立100周年の記念に
プレゼントしたものだそうで
さすが、コマンタレブーな
お国がらですよね
よって……
――以下、省略

マサアキくん
最近
がんばってる、よね
でも
ゴミ出しの曜日を
間違えてるようじゃ
まだまだ

あなたの、その、いわゆる
決定的瞬間も
さほどでもない
ってことを念頭において
中庸を、進みましょう

やるだけやったら
あとは
グッド・バイ

ご高齢者の皆様へ
新聞のチラシ広告を
踏んではなりませぬ
ツルーッて、すべりますから
またぐのも、やめましょう
「あああ、股関節が……」
ってなことにならぬよう

スペインの皆様方には
お取りこみ中のところ
たいへん、言いにくいのですが
牛の涙、見ました
映画のなかの
闘牛場のシーンでして
おっちゃん
トラウシになりそう

――文章入門

いちにちじゅう
ぼーっとしてたら
そのうち、なにか
書けるでしょう
ほれ、この通り
ところで、みなさん
いちにちじゅう
ぼーっとしてるヤツは
♪ろくなもんじゃねえ♪

まあ、憎らしい
って
彼女が言うのは
憎からず想っている
証拠です
ガンバレ‼　彼氏

なんべんでも
おんなじことを言うようですが
なんべんでも
おんなじことを言うのは
お歳を召した、証拠です

ちえのわ、見つかりました
通販で、売ってました
でも、今はもう
必要じゃなくなったので
その代わり
♪ああ、僕等の青春のフォーク・ソング集
♪
を、買いました
（テキストP．１３４、参照）

時節がら
よく見かける光景ですよね
おばあちゃんが
大根をいっぱい積んだ
一輪車を押して行くところ
でもね、お嬢さん
なんで、ミニ・スカートなの
しかも、どろ長ぐつで
なんなの、その必然性って
だいいち、寒いっしょ

例外を法にしちゃ
なおなお
きゅうくつ、でしょ
（テキストP．１０２、参照）

今日から私は、運命論者
いえいえ、なにもそんな
こむずかしい話ではありませんよ
要は
ラッキー‼　ってことですよ
まあ
人によっちゃ
アン・ラッキー
ってな、場合もございましょうが

M先生んちの
イチョウの大木
今年も
まっきっき
道路も
まっきっきの
じゅうたんのよう
ですが
空き家になっちゃいました

ねえ
サザエさん
なんだか
元気
なさそう
だけど
気のせいかしら

遠くから見ると
ちっちゃいけど
こうして
近くで見ると
でっかいもの、なあに？
答え
長安寺さんの、鬼瓦
鬼、というより
〝ダース・ベイダー〟みたい

テレビで
ひさかたぶりに
ユミさんを
拝見しまして――
なんと、もしや
あなた様が
かかとで呼吸をする、お人じゃ!?
もちろん
入浴シーンも、拝見
（テキストP．158参照）

きっちり、45年前
初代のパンダさんを見学に
上野動物園へ行った時の
記念の写真は、ありません
何故なら
レンズのふたを
取り忘れちゃったから
シャンシャンならぬ
チャンチャン、でした

ルソーは、言いました
「自然に帰れ」と
どういう意味でしょうか
ということでしょうか
じゃないでしょうか
それとも
あてずっぽう、でしょうか

文字通り
心と体とは
一心同体です
おいてきぼりに
しないでね

本日のおつまみは
〝ほっけ〟
やけに
色白だと思ったら
ロシア産、でした
まるで
ナスターシアさんのよう

チャップリン氏は
本当は
悲劇役者に
なりたかったそうですが
いえいえ、どうしてどうして
じゅうにぶんに
ペーソスが……
ちなみに、おっちゃん
♪ロンリー・チャップリン♪
おはこです

みぞれが降りしきる
今朝、一番のことです
「ほいさっ」ってんで
わが家の玄関に
白菜を5つ6つ
放りこんでいかれた
仮名Yさんへ
これが、ホントの
感謝感激、あめ、あられ、みぞれ

なんら
科学的根拠はございませんが
手のひらに、こうやって
正　正　正　……って
吸ったタバコの本数を
記録していくと
確実に
減っていきますから
あら、不思議

この、くそ忙しい年暮れに
この、オレ様に
ああしろ
こうしろ
ってか
……
「イエス・サー」
ってなもんで
オレ様の担当は、便所掃除

確かなものは
不確かなものより
そんなに
ありがたいですか

ジャジャジャジャーン
現在・過去・未来
好むと好まざるとにかかわらず
あなたは
あなた以外にはありえません
これを
運命、という

謹賀新年
今年こそ
心をいれかえて
いれかえて
何度でも
いれかえて
……
はや
60年

スマップが
歌って踊って
タモリさんが
手打ちの年越しソバを
ごちそうしてくれて
除夜の鐘が
まさかの
ウェディング・ベルに……
んなバカな、初夢でした

〝春の七草〟って
別に、知らなくたって
なんの支障もございませんが
最後の2つ
〝すずな〟〝すずしろ〟って
〝カブラ〟と〝ダイコン〟の
ことですって
へえー
ものは言いよう、ですねー

砂浜と
海と空と
難破船
もしくは
トワ・エ・モア

♪遠くで汽笛を聞きながら♪
を、聞きながら―
心が
閉じたり開いたりするのは
いわゆる、ひとつの
生理現象なのかも知れませんね
バカ貝みたいに

ケンちゃん、ケンちゃん
雪合戦の
雪玉に
小石をいれるのは
反則です

『門
たたいてもだめだ
ひとりであけてはいれ』

自分の持っているもので
楽しみましょう
案外と
それが、近道
だったりして

この、殺伐とした
冬の時代
赤い花を咲かせているのは
〝さざんか〟だそうです
というわけで、ここで1曲
♪くもりガラスを　手で拭いて
あなた　明日が　見えますか♪

カフカ少年のように
有酸素運動にハゲむ
おっちゃん、60才
さぞや
肺活量も増大したであろう
そんな気がする
今日この頃です

『全日本卓球選手権』
を、見ながら――
勝つと
うれしいです
負けると
くやしいです
がんばれ、ニッポン
よおおし、チャチャチャ

いっちゃん（9才）からの
投書です
みかんを、1分間
モミモミしてから食べると
あま～くなるって
（もぐもぐタイム）
ホンマやー
（さんまさんふうに）

哲学者、いわく
真理とは何か
それは
とても役に立つ
嘘である
方便である

心理学者、いわく
心を
のぞいてはいけません
それは
身の破滅です
ないしは、とても
はしたないことです

マスコミは
第４の権力
なりや
はたまた
空前絶後の
から騒ぎ
なりや

——『プレバト』を見ながら
「つらら、をね
グラスにさして
もう、一杯」
返歌
「ちょっとー
まだ飲むのー
もー、いーかげんにしてー」

今夜、9時過ぎより
運がよければ
皆既月食が見られるでしょう
運がわるければ
次回に、期待しましょう
どっちみち、おっちゃんは
9時、消灯なので
見られません
……すやすや

そうそう、そういえば
すっかり、忘れておりましたが
「冬の星座教室」の件
なにせ、この
記録的な寒さゆえ
どうぞ、もよりの
プラネタリウムへでも
いってらっしゃいましな
……ぶるぶる

何故、3列なんでしょう
そう、思ったこと、ありませんか
そう、あの
雪道のことですよ
4列なら
のちのち、なにかと
有利なのに
3列、なんですよね
なんでか、これが

今日は、なんもなし
強いていえば
人並みに
〝恵方巻き〟を
いただきました
で
どっち、あっち、こっち
って
右往左往する、ボクちゃん

立春なのに
こっぽっせっと
雪が降っています
そんななか
消防団のみなさんは
防災訓練だそうです
それを尻目に、おっちゃんは
さくら色の入浴剤をいれて
ひとり、ぬくぬくと……

梅木立
ジグソーパズルの
電車が通る

わが国の
医療制度を考える、の巻
1・2・3で
足りないのなら
3・4・5でしょ
だって
足りないんだもん

わが国の
年金制度を考える、の巻
なんだかんだ言って
それって
〝馬の鼻先に
人参をぶら下げる〟
ってやつ

春風に
髪なびかせてよ
ボッティチェリ
ないしは
オリビア・ニュートン・ジョン

「空き家問題」について
長年にわたって
固定資産税なるものを
ちゃっかり
徴収してきたんだもの
ここはひとつ
〝大岡裁き〟にて
自治体で面倒見るのが
スジ
ってもんじゃないでしょうか
いわゆる
〝三方一両損〟と申しまして
所有者と、自治体と
〝言うだけ損〟の
おっちゃんと

『頭デッカチな、わたし』
千葉のサッちゃんから
手編みの、毛糸の帽子が
届きました
が
ちっちゃくて、かぶれません
泣く泣く
うちの母親に、くれてやりました
で
さっそく、苦情の電話をかけて
62㎝の、特注の一品を
こさえてもらいました
サッちゃん
ありがと、ね

なかなか
古い慣習が
ぬけないのでしょうか
「おかみ」
と
「しもじも」
だって
おかしい、ね
サッちゃん

ハチミツは
とってもとっても
体にいいそうですが
この時期
カッチカチで
使いものにならないのが
たまに、キズ

『以心伝心』とは
匿名希望さん
「せつないです」
ボク
「せつらないで」
うーん
我ながら
意味不明なれど
心は通じたみたいで
なによりでした

サガワ君への手紙

小細工

したの

しなかったの

いずれにしましても

あの、目力は

ただものではない!!

——哲学入門

二律背反とは

あちらを立てれば

こちらが立たず

ってこと

そういうことって

ある、ある

午前4：30
屋根の上に
赤い、三日月
発見!!
なにが、そんなに
恥ずかしいのかな
ふむ、ふむ
ほんに
恥ずかしいことだらけ

今日は、縁側で
ひなたぼっこをしました
わたしの横には
あなた、ではなくて
例の、ハチミツの大ビン
よって、めでたく
今日の夕食は
食パンに
ハチミツをたっぷりと……

――「受動喫煙」について

〝清く
正しく
美しく〟
ありますように
そだねー
きっと、みんな
ロマンチスト
だよねー

初登場の
ユースケ君へ
おい
ユースケ
お前
チェ・ジウさんに
片想いしてる
イケメン俳優さんに
そっくり!!

おっちゃん、お上手に
片手で、生タマゴを
割ることができます
でも
時々、失敗します
しかも
かなりの確率で
というわけで
本日のテーマは
『失敗は成功のもと』

エマが
死んだのに
オレは
死にたくない
って
そりゃ、アンタ
ムシが
よすぎやしませんか
——メル・ギブソン氏の
映画より

チカちゃんに
感謝の気持ちをこめまして
一句

ふきのとう
七転び八起きで
いっちょ、あがり

ジャンプして
とどけ
桜の並木道

おん歳？才の
デヴィ夫人
虫歯が
一本もないんですって
キセキ的、ですって
ワオッ!!
見習うべきところは
見習いましょう

残酷物語
おいしく
おまんまが
食べられなくなったら
自分で自分の
ケツも
ふけないようなら
滅びゆくものは
滅びゆくままに
そのままに

♪つくーしーの子が
はずーかーしげに
顔を出ーしーします♪
ああ、この
つくしんぼが全部
アスパラだったら
よかったのに……と
妄想をたくましゅうするのは
吾輩だけでもあるまいに

大人の世界のことは
ボクちゃんには
皆目、わかりませんが
……
キジさんが
3チャンネルから
8チャンネルへ
お引っ越しなさったのは
何故かしら

我が国の国防を考える、の巻
おっちゃん、マジで
新兵器を発明しました
名づけて
〝電磁場ビーム〟
こんなん
なんですけど

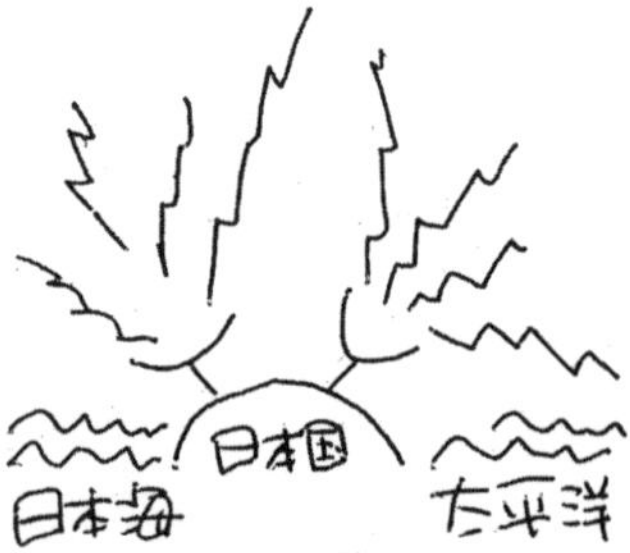

しょうがない
言っても
しょうがないなら
言わないように
でないと
お口が
いくつあっても
たりませんよ

ヤボ用で
氷見方面へ
と
『西田のタケノコ
　無人販売所』
オープン!!
で
本日のおつまみは
〝タケノコの丸かじり〟

4月8日
桜花賞を見ながら
ふと
松崎さんのこと
思い出しました
くやしさのあまり
スリッパを
テレビに投げつけて
オシャカにしちゃった
松崎さんを

♪Le cas de Francine trop stupide♪

って

お前が言うか！

4月13日

金曜日

今日は

ジェイソンの日

こわいから

はやく

寝よ、っと

出るわ、出るわ
次から、次へと
まだ、まだ
出るわ
って
おい、おい
オタク
便秘のお薬の
コマーシャル、かい

♪ソ、ソ、ソクラテスか
プラトンか♪
政治家たるもの
そうそう
理念ばかりこねても
いたしかたございません
そうではなくて
『いま、ここ
　われわれの……』

ウィンド・ブレーカーの袖を
ちょいと、こう、たくしあげて
ひと仕事しておりますと、ほら
前腕部のあたりに
ゴムの跡がつきますよね
それがまるで
メソポタミアの楔形《くさびがた》文字のよう
……って、しばしの間
感激にひたる、歴史好きな三代目、の巻

小さい
夜
と
書いて
さよ
って
いいます
（レイ子さんふうに）

叱られたので、うった

いじめられて、つらかった

死刑になりたかったから、やった

一切合切
われわれの
自由意志か
それとも
神様・仏様の
恩チョウか
はたまた
国家の
大義名分か

赤ワインに含まれる
ポリフェノールは
たいへん体によいと
めっぽう評判ですが
問題は
舌が赤くなって
しこたま飲んだのが
バレちゃうのが
たまにキズ
ちがうもん
ファンタグレープだもん
と、言いわけしてみたところで
バレバレ
これを称して
〝まっかな嘘〟と申します

〝渡る世間は鬼ばかり〟
ならば
渡らぬ世間が
あっても、よろし
どのみち
三途の川は
渡ります

鯉のぼり
のぼれやのぼれ
龍となれ

なーんか
おっちゃん
やる気満々、なんですけど
心が
ルンルン、なんですけど
五月病なんかヘッチャラだい
ってなもんなんですけど
こんな、上々な気分を
〝スプリング・ハズ・カム〟
っていうんでしょうね

イチゴ
をね
こうしてこうして
こう描いて
これが
ホントの
一期一会

理想と現実のギャップに
お悩みのお人に
よくあるパターン
〝わが身をものともしない人々〟
〝わが身を持て余している人々〟
〝わが身を見失った人々〟

……等々

本日のおつまみは
『酒場放浪記』
何者なんでしょうね
類さんて
ルイ・ルイ

ひとつ
実験してみなはれ
いわゆる
『家庭の医学』本なるものを
クソ真面目に
読んでみなはれ
あなた、本当に
病気になっちゃいますから
これを称して
『病いは気から』

酔ってません!!
酔ってないってばあ??
酔ってないも~ん♡♡
って
さんざっぱら
世話をやかせた
あかつきには……

——哲学入門

心とは
行雲流水のごとし
と、心得ましょう
あるいは
目や耳や口と同じく
ひとつの器官と
考えましょう
前者を
唯心論者
後者を
唯物論者
と、いいます

♪ええじゃないか
　ええじゃないか♪
歌って踊れる
日本人を
めざしましょう

いやー
暑いっすねー
ビールが
うまいっすねー
でも、おっちゃん
痛風が出るやも
知れませんので
缶ビールは、１本まで
あとは、焼酎orワインで……

ばったり、おさななじみの
ケンサク君に会って
すっかり、話しこんじゃいました
ケンサク君っていうのは
森田健作氏に似ているので
ついたアダ名でして
今日の印象が、なんだか
ご本人よりもご本人に
似ているような気がしたもんで
一筆、啓上つかまつった次第

うちの兄夫婦が
大相撲観戦に行ってきたそうで
〝砂っかぶりの砂〟をば
おみやげにもらいました
なんでも
その日1番の拍手喝采が
貴乃花親方だったそうで
これを称して
〝はんがんびいき〟
と、申します

〝でこピン〟って
万国共通みたいですねえ
んじゃ
〝しっぺ〟は?
おそろしかったですねえ
ホリイ先生の
〝しっぺ〟と
〝さかさおとし〟とは
今なら、タダではすみませぬぞお

どちらさんも
嘘は、いけません
嘘は
『イソップ寓話集』にも
ちゃんと、あったでしょ
1つ嘘をついて
その嘘を取りつくろうために
20もの嘘を重ねるハメになって
ジタバタする、キツネのお話が

——雨晴海岸にて

波うち際で
じゃれ合ってる
お二人さん
お・し・あ・わ・せ・に
そっからだと
立山連峰から
昇る朝日も
みよいですよ

大きな声では言えませんが
小さな声では聞こえない、お話
〝母の日〟に
兄嫁がプレゼントしてくれた
カーネーション
あっという間に
枯らしてしまいました
多分
水のやり過ぎだったのでしょう
応急処置に
そーっと、鉢から出して
畑へ植えかえておきましたけど
もしや、復活するようなら
また元にもどして
知らん顔してよーっと

最近、つとに
寝覚めが悪い原因は
1　[redacted]　の件
2　[redacted]　問題について
だとは
わかりきってはいるのですが
わたくしには
どうしようもありません
実力不足、です

力が
たりないのなら
力を
あわせましょう

ゆうちゃんへ
文字通り
世界へはばたいていかれました
ゆうちゃんへ、ささげる作文——
おっちゃん、知っとるぞお
胴上げしてくれた生徒さん達が
少々、閉口するくらい
重量級だってこと
ええーい
ひかえおろおーー

——本日の『鑑定団』より
「午前中は、散歩
午後から、銭湯へ
夕方、晩酌」
と、おっしゃるご隠居さん
まさに、それこそ
ユートピア
じゃ、ございませんか
自慢のイッピンは
ニセモノでしたけど

別段
深い意味はございません
単なる
語呂合わせです
現世主義
実利主義
家族主義
えげつなさ主義
さて
どこのお国のことでしょう

満月にかかる
くもの巣を
払いのける

光よ
闇を
知れ

闇よ
光を
生めよ

〝まあまあ主義〟の
コンちゃんへ
時代のすうせい
とでも申しましょうか
なにかと
たいへんでしょうが
お互い
もう少しの
しんぼうですんで

まったく記憶にございませんが
昨夜、推定18：00〜20：00過ぎまで
おっちゃん、不覚にも
爆睡しちゃったみたいで、ために
2、3のお客様に、多大なる
ご迷惑をおかけしましたこと
ここに
ひらに、おわび申し上げる
次第でございまする

うちのオフクロ
車庫で
昼寝してましたけど
大丈夫なんでしょうか

卓球の『ジャパンオープン』
ご覧になられましたか
若いお二人が、たいへん
がんばってくれまして
おっちゃんも、もと
福中卓球部キャプテンとして
鼻が高いです
なにせ、中国選手を
ボッコボコにやっつけての
快挙ですんで
解説のおっさんも、思わず
叫んでおられましたぜ
「これはもう
100mを8秒台で走るようなもん」
だって

死んでも死にきれない
お人が死ぬと
ヴァンパイアになるらしい
という
都市伝説があるらしい
のですが
わりあいと、小まめに
ニンニクを摂取するお人は
そうでもないらしい

水たまり
そっとブレーキ
通学路

そもそも
〝経世済民〟
と、申しまして
政治も経済も
その意味するところは
同じらしい、とのこと
すなわち
○○、でしょ

——経済学入門

裁判は、日常茶飯事
例えばそれは
402号室において
カフカの小説のように
進行する
いわんや
井戸端会議において、をや

枝を一本
切る
思いのほか
重労働
よって
二日がかりで

初耳、です
寝耳に水、です
壁に耳あり
しょうじによしもりな
お話、です
「100m走《そう》って
　無呼吸で
　走るんですって」

——経済学入門

先立つものがないと
自由も
民主主義も
幸福の追求も
へったくれも
ありゃしません

なんにも知らないくせに
って
うわの空で
告白された日にゃあ
知ってても
知らないふり
するか、しないか

洋二郎さんの
映画のワンシーンに
オイラの本
登場させて
もらえませんかねえ
って
思っただけ
例えば
シズシズと読書なさっている
ヨシナガさんが
手にしていらっしゃる本が
オイラの本
だったりなんかしたら
もう
本望です、ちゃ

なんですか
金子さん
その
してやったりの、お顔は
いっておきますけど
結果が
すべてですから

ほたる を めでる

やっぱり、僕って
ひねくれ者なんでしょうか
そりゃあ
めでたいっちゃめでたいのは
ヤマヤマなれど
なんですか
「せんぷくキリシタン」って
なんで
「かくれキリシタン」じゃ
ないんですか

例によって
身辺整理をしておりましたところ
こんなものが出てまいりました
なんだか、分かりますか

これはおっちゃんの
〝青春の思い出〟です、ちゃ

――哲学入門

カント先生
理性が
感情に負けて
なにが
いけないんですか
なーんにも

『雨だれ
　石をも、うがつ』
とは
諺《ことわざ》にもある通りですが
それとよく似たお話で
たかだか、ちっぽけな
モグラの穴ひとつで
うちの田んぼが
草ぼうぼうになることだって
おおいに、ありうるんです

ろくすっぽ
お花の名前もわかりませんが
〝ウリカワ〟って
うすピンク色の
それはそれは可憐な
花が咲くんです
にっくき、雑草なれど

わが福岡町特産の
すげ笠をかぶって
草取りする
おっちゃんの心を
誰が、知ろうぞ
ほぼほぼ
なみだ目

試行錯誤を
繰り返す
繰り返す
君たちへ
心して、聞くよう
いくつになっても
そんなもんです、ちゃ

〝インスタントな時代〟

今どきの
スパゲッティーは
3分間でゆだるので
缶ビール1本、飲んでる
ゆとりも
風情も
花鳥風月も
ありゃしません

まぬけな
スイカ泥棒と
無口な蝉と
タヌキ襲来の
夏、きたる

電線に
ツバメが30、40羽
とまっていますよね
しきりに
ペチャクチャペチャクチャ
おしゃべりしていますよね
それって
誰が、どう聞いても
親ツバメが子ツバメに
お説教しているとしか
聞こえませんよね
それもそのはず
♪旅立ち♪も
近いですもんね
と、ここで1曲……

――心理学入門

はたしてそれは
ほんの、一部の人々の
問題なのでしょうか
それともそれは
〝氷山の一角〟なのでしょうか
いずれにしましても
ようこそ
フロイト博士の世界へ

作品中、不適切な表現が
あるやも知れませんが
作者の意図を尊重して
オリジナルのまま

少女A
「それってさー
ハゲじゃなくってさー
ちょっと大きめの
円形脱毛症だって
思えバアー」
おっちゃん
「よくもヌケヌケと!!」

暑中、お見舞い
申し上げます
金星は熱すぎるし
火星は寒すぎるし
やっぱ
地球が、ちょうどいい
——カール・セーガン氏

理由《わけ》が
知りたいの
知らないの
『理由なき反抗』
っていう、映画

嗚呼人生不可思議也

——国木田独歩を読んで

クモの巣に
蛾がひっかかって
ジタバタジタバタ
そこへ
体長4㎝はあろう
家主が
ソロリスルリと参上して
驚くなかれ
みるみるまに
ツンツンムシャムシャ
たいらげてしまいました
吾輩は、ただの
傍観者
まるで
志賀直哉先生のごとし

ピーマンが
なってなって
わやく、ですちゃ
よって
今日はナポリタン
明日はミートソース
はてはカルボナーラ
こんな食生活じゃ、いずれ
オイラの頭もピーマンに……

たれか知る
カラスにつつかれる
トマトの悲哀《かなしみ》
ネットをはろうが
石を投げようが
鷹のまがいものを設置しようが
敵も、さるもの

『親の意見とナスビの花は
千にひとつの無駄もない』
とかなんとか申しますが
真偽のほどは、いざ知らず
今シーズンのナスビが
ブサイクで、ツヤがなくて
カタブツで、イマイチなのは
水分不足が原因なのは
明々白々

キューリには、もう
うんざりです、ちゃ
カッパじゃあるまいし
そうそう、パリポリポリパリ
かじれません、ちゃ
しからば
うっちゃっておくと
どうなりますことやら……
ほら
バケモノになっちゃった

お母さん
僕の、あのオクラ
どうしたでしょうね
ええ、この春先
静子ちゃんにもらった
あの、5本の
オクラの苗のことですよ
確かに
しっかと根づいたのに
あれよあれよと
雑草の谷間へ……
ああ
あの、ネバネバが
体にいいのにね
♪ママ〜〜♪

なんのかんの
いったって
なんかかんか
やってれば
なんとかかんとか
なるもんです
♪アズ・タイム
ゴーズ・バイ♪
ってなもんです

『自己満足のススメ』
情報過多と
価値観の多様化とが
現代のヘイガイの
ひとつだそうですが
超現代は
価値も情報も、自ら
創造する時代と
なりましょうぞ

「火星が地球に最接近‼」
との、ニュースあり
そんなこんなで、現在19：00
ほれほれ
南に見えているのが火星で
西に沈まんとするのが
金星でしょうか
どっちがどっちでしょうか
別に、どっちでもかまいませんが
そうではなく
それとなく
〝宇宙との一体感〟
のようなものを
感じていただけたなら
あなたも、ツウです

夏のおわり
おわりははじまり
収穫の秋

――遠雷の図

ふーむ
いつも思うんですけど
○○さんの記者会見って
超一流のマジシャンの
手品を見ているよーな
なーんか、どっか
違うよーな
こーゆーの
てれんてくだ、って
ゆーのかなー

見たぞ、見たぞ
ほら、そこに道路標識の
ポールがあるでしょ、そこへ
セミくんがとまろうとして
ぽろっと、スベったの
しかと、見ちゃいました
類義語
『猿も木から落ちる』

ももこさん、ももこさん
井戸水でほんのり冷やした
もも、ひとつ
おもむろに
きれいな手で、皮をむきむき
だらだらと、肝心かなめの
果汁がこぼれぬよう
口はベトベト、手はネチョネチョ
にならぬよう
すかさず、すばやく
種までたどり着いたら
「ひゃー
　いっきゃ、でたー」
そしてそれから、その種をば
黄泉の国へと投げつけるべし!!

「さば缶に
負けてたまるか
　さんま焼け焼け」
と
さんまクンの心意気を
詠んでみました
で
ひとつ、言い忘れましたけど
ツナ缶さんも
が・ん・ば・れ!!
それから
シャケ缶様もカニ缶様も
うかうかしてはおられませんぞ

某月某日
今日から
焼酎は、お湯わりで
外は
大雨警報
テレビでは
シン・ジエさんの
ひとり勝ち
うちの田んぼは
どうなりますことやら

バウムクーヘンみたいな
色あいの
オクラの花って
どことなく
熱帯植物みたいな
おもむきがあって
「いとをかし」と
ひとり合点していたら
あに、はからんや
千葉県の水丸さんより
「先の大戦後
　南方からの引揚者さんが
　持ち帰って育てたのが
　最初らしい」
との、情報あり

いるかショーの
どこが
いけないのですか
すいぞくかんは
いいのですか
くじらは
どうですか
なんきょくのこおりは
なぜ……、ブクブクブクブク

破れかぶれのジーパンを
はいてご来店の、前途洋々な
お客様に対して、ひと言
「ほれほれ
おっちゃん
おこづかいあげるから
新しいジーパン、買いな」

背すじをピンとして
いちにち
いちにち
生活するのって
至難の業です
ですが
トライしてみましょ

……カー・ラジオから
流れてきたのは
ギルバート・オサリバンの
♪アローン・アゲイン♪
この時節、定番ですもんね
さて、続きましては
アルバート・ハモンドの
♪落葉のコンチェルト♪
ときた日にゃあ
ほら、もう、うっすらと……

ヤーヤー
「人生100年時代」
の到来だそうです
おめでたい、ニュースですね
それはそれとして
「わが国の年金制度は
100年、安心」
と、おっしゃってらしたのは
どこのどなたさんでしたっけ

まあ、まあ
ここはひとつ
じっくり
話し合いましょう
と
言ってるそばから
スマホ、かよ

五郎さんの
♪私鉄沿線♪を聞きながら
ふと、ひらめきました
そうだ、隣の空きスペースに
伝言板を置こう、って
というわけで
不用の伝言板がありましたら
お譲りくださいな
そしてそれから
♪伝言板の左のはしに……♪

花屋にて
もとめし花の
花ことば
花は花でも
たかねの花か

おばけ屋敷
朝練
市立図書館
公衆電話
ひとりっきりの名画座
まっかな嘘
勝っちゃん
いいよ
いくないよ
……未完

おナベな季節と
なりましたね
わが家では、こよいも
マツタケを
どっさりと入れて……
なお
他人様《よそ》のオタクでは
これって
エリンギ、って
いうんですって、ね

わが国のエネルギー問題を
考える、の巻
海底500mとか1000mとかって
ものすごおおい圧力が
かかってますよね
そうです
そのエネルギーを
転換することができれば
これぞ、名付けて
「水圧発電!!」

ときどき、思うんです
アメリカ人だったらよかったのに
なあ、って
そうすれば
♪You are so beautiful♪
って、恥ずかしがらずに
言えそうだし、あるいは
肩をすぼめて
お手上げ状態で
「I don't know」って

『はたらけどはたらけど
猶《なお》わが生活《くらし》楽にならざり
ぢっと手を見る』
……ついでに、ちょっと
爪も見て下さいな
そうしますと、その根もとのほうに
乳白色の新月みたいな部分が
存在しますよね
これって、何て言いましたっけ

――つれづれなるままに
豆田の刈り取り風景を
ながめながら、一句
『豆がらで豆を煮る』
の段
聞く?

――文章入門

誰かに何かを伝えたくて
誰にも何にも伝わらないのは
ひどく、つらい
にもかかわらず
毎朝欠かさず
♪新しい朝が来た♪を歌って
ラジオ体操をするように
書き続けるよう
「継続は力なり」ってね

何か、とは何ぞや
それ、すなわち
こんとんではなくて
エネルギーぢゃ
ドロドロではなくて
ピカピカぢゃ
なら
態度で示そうよ
ほら

ピイイ、ピイイ
と、ふた声
はじめて聞く
鳥の声
ピイイ、ピイイ
と
また、ふた声
して
それっきり

号外!!
猿の目撃情報が
ヒンパツしております
ミニパトや消防車も
ハイカイしております
くれぐれも
目を合わせないように
エサなど与えないように
石など投げないように
と

——つづく

そういえば
ソウゴウにお住まいのTさんが
おっしゃるには、かの地では
イノシシの被害は、もはや
れっきとした社会問題だそうで
日中、おちおち外も出歩けないそうで
それはそれとしまして
もっと恐いのが猿だそうで
群れたら
もっともっと怖いそうです
そんな折も折
東京では、アライグマの
大捕物があったそうで
「ラスカル、お前もか!!」
っていうのが、今回のオチ……

カツラの木を捜して――
♡型の葉っぱが
目印だそうです
紅葉すると
キャラメルのかをりが
するそうです
天日干しにして
本のしをりにでも
しよっかな

『小さな本箱運動』
どこかの国の
どこかの街の
どこかの図書館に
宇多田さんが選んだ
100冊の本の並んだ本箱が
あるという
まるで
♪ガンダーラ、ガンダーラ♪

ふむふむ
なにがそんなに
おもしろいのかな
オイラの頭に
とまりたがる
赤トンボは
おあいにくさま
どうせ
スベるにきまってらい

本日のおつまみは……
赤ワインには
ステーキがよく似合う
焼きピーマンと
焼きしいたけを
そえて
うーん、ゴージャス

続、本日のおつまみは……
赤ワインには
柿がよく似合う
しかも、タダ
というわけで
しょうじ君ちの庭先の
柿を2個、今日も拝借

とどのつまり
組織というものは、巨大な
オートメーションみたく
一個人がどうのこうのという
問題ではなくて
そもそも
『人間機械論』などという
傍若無人な、身もフタもない
お説を唱える哲学者さえ
いらっしゃるくらいだもの

ファミレスの
日替わりランチに
秋、一葉

『天津日髙日子
波限建鵜葺草
葺不合命』
これ
読めるお人
〝まぼろしの神代米〟
5kg
プレゼント
(古米ですけど)

雨上がりに
柿を
もいではいけません
ほれ
見たことか
雨だれが
どばどばばばばーって
というわけで、ここで1曲
RCサクセションの……

プウー
ってやって
プチャ
ってなっちゃった
やんちゃなノブナガくん
以上
風船ガムのお話でした
フツーに
笑っちゃお

かたくなな、心
挨拶しても、へのカッパ
3人寄れば
4番目は、かやの外
価値観が違えば
鼻もひっかけちゃもらえない
力がなければ、絶対服従
〝世界平和〟は
〇〇に食われろ

――未完

――哲学入門

真理とは
ひとつしかないのでしょうか
もったいないから
もっとずっといっぱいあっても
いいんじゃないのでしょうか
しからずんば
ひとつよりもゼロのほうが
真実味があるよなないよな

今週は
わが国の財政問題を
考える、の巻

質問
１０００兆円超の借金
返す気、あんの？

予言

ないっしょ
来《きた》るべき日が来たなら
とっとと
ケツをまくる気、でしょ
(テキストP．72参照)

現状

わが国の税収が60兆円
そのうち
借金の利払いが23兆円
人件費が27兆円
やれやれ

展望
お先
まっくら

目標
とりあえず
100兆円ばかり
返しましょうよ
チョチョイのチョイと

夢
1000兆円の借金ではなく
1000兆円の埋蔵金をば

結論
じゃあ、どうすんの
って
それを考えるのが
あんたがたの
お仕事、でしょ
わしゃ、知らん

郵便はがき

料金受取人払郵便

新宿局承認

3971

差出有効期間
2022年7月
31日まで
（切手不要）

160-8791

141

東京都新宿区新宿1－10－1
(株)文芸社
愛読者カード係 行

お名前《ふりがな》		明治 大正 昭和 平成 年生		
ご住所《ふりがな》	□□□-□□□□		性別 男・	
お電話 番 号	（書籍ご注文の際に必要です）	ご職業		
E-mail				
ご購読雑誌（複数可）		ご購読新聞		

最近読んでおもしろかった本や今後、とりあげてほしいテーマをお教えください。

ご自分の研究成果や経験、お考え等を出版してみたいというお気持ちはありますか。

ある　ない　内容・テーマ（

現在完成した作品をお持ちですか。

ある　ない　ジャンル・原稿量（

書　名			
買上 店	都道 府県　　　　　市区 郡	書店名	書店
		ご購入日	年　　月　　日

書をどこでお知りになりましたか?
1.書店店頭　2.知人にすすめられて　3.インターネット(サイト名　　　　)
4.DMハガキ　5.広告、記事を見て(新聞、雑誌名　　　　)

の質問に関連して、ご購入の決め手となったのは?
1.タイトル　2.著者　3.内容　4.カバーデザイン　5.帯
その他ご自由にお書きください。

(　　　　)


書についてのご意見、ご感想をお聞かせください。

内容について

カバー、タイトル、帯について

弊社Webサイトからもご意見、ご感想をお寄せいただけます。


力ありがとうございました。

寄せいただいたご意見、ご感想は新聞広告等で匿名にて使わせていただくことがあります。

客様の個人情報は、小社からの連絡のみに使用します。社外に提供することは一切ありません。

籍のご注文は、お近くの書店または、ブックサービス(0120-29-9625)、
ブンネットショッピング(http://7net.omni7.jp/)にお申し込み下さい。

「あああ、世も末だ」
って、確か
100年前にも
1000年前にも
3000年前にも
聞いたよな
これを〝末法思想〟
ないしは〝世紀末〟
あるいは〝老人のたわごと〟
と、申します

はるかちゃんへ
「おおきなしろいスプーン」って
「レンゲ」っていうんだよ
はやく、おとなになって
お母さんのような
いい女になって
お父さんのような
いい男
みつかると、いいね

ブリが
氷見で大漁だと、今朝の
ニュースで言ってましたが
まさしく、そのブリが
ピチピチ飛び跳ねながら
今晩の、わが家の食卓に……
キットキト
ペロペロリ
イサオちゃん、ごちそうさま

MHGさんより
ゆず
いただきました
で
心やさしいおっちゃんのこと
さっそく
「プロアクティブ」
ぬってあげました
……えーと、ですね

吾輩のオヤジ・ギャグが
ゼッコーチョーなのは
脳にブレーキが
かからなくなったせいだと
チコちゃんに
叱られたばっかし
なれど
転んでもタダでは起きないのが
おっちゃんの、よいところ

マーマレード
(オレンジ味)
のような、朝焼け
いつか、どこかで
片岡さんも
きっと見たであろう
千載一遇な、朝焼け

ああ
それなのに
それなのに
そんなキュートな
朝焼けに向かって
ゆうゆうと
立ち××している
山ちゃんて
失敬じゃありませんか

ご参考までに
これが〝カツラ〟の葉っぱです
先日の吾輩の作文に感動した
お向かいの中山さんが
わざわざ奥山深く分け入って
みつけてきて下さいました
そんな、ハート・ウォーミングな
中山さんに、パチパチパチパチ……

アンビリーバボー!!
信号待ちで、前に停まってた
ゴミ運搬車の荷台に
カラスが2羽
カーカーとやって来て
〝アジの開き〟をくわえて
飛び去った、とさ
そこで、一句
寒天に
してやったりのカラスかな

アンビリーバボー!!　パートⅡ
柴野の信号機で停まってたら
西広谷方面から
ランボルギーニ・カウンタックが
おおお
まさかまさかの
『サーキットの狼』か!!

〝ヨトウムシの捕まえ方〟

うちの畑の
春どれキャベツが
ボッコボコの穴だらけなのは
ヨトウ虫の仕業に違いありません
こんな場合
根もとの土をホジホジすれば
ほれっ、いた、黒いヤツが……
プチッ!!

俗に
「思い立ったが吉日」
とかなんとか申しますが
今日は
わが家の窓ガラスを
ピカピカにふきました
すると
効果テキメン
愚かな小鳥が、バコッ!!

『夢は願望の充足である』
という、フロイト博士の
言い分は正しいという
まさに、その実例となるような
夢を見ました
よって
午前2：15
小用を足して
これを、記す

ねえねえ、チコちゃん
今年の流行語大賞、ちこっと
おしかったですねえ
で、おっちゃん（5才）
さらなる決めゼリフを
考えました、いわく
「こらあっ!!
　石井!!
　ビビッてんじゃねーよ!!」

んー、とね
それはねー
人として
どーかなー
って
思うんですけど
わたくし
自分のことは
棚に上げて

本日のおつまみは
〝ホットケーキ〟
Y・Kさんが、わざわざ
北海道より届けてくれました
しかも
メイプルシロップ&バター付き
（もぐもぐタイム）
なんだか知らん、昔なつかしい
『高岡大和』の大食堂の味が……

悲しい話
あなたには
心はないのか

謹賀新年
ごわさんに
ねがいましてえ～

――本年の書き初めより――

『月日は百代の過客にして
行かふ年も又旅人なり』
兼高さん
あなたもまた
旅人でした
今ふうにいえば
イモトさん?

あかぎれに
なってみてわかる
おやのあい

『こいつぁ～
　春から縁起がいいわい』の巻
とっくの昔に
ゴルフをやめた吾輩のもとに
まるで『魔女の宅急便』みたく
某超一流メーカーの最新モデル
ゴルフ・セットが届きました
（しかも、タダ）
……話せば長くなりますので
省略させていただきますが
とどのつまり〝ゴルフの神様〟
の思し召しでしょう
というわけで、今春よりまた
ゴルフ始めよっと
いよっ、ナイスショット!!

かわいそうに
あんたたち
『悲劇の主人公』世代
ですって

――参考文献
サルトル『嘔吐』

おっかしいなあ
床ずれ、って
とっしょりの
なるもんでしょ
なんで
オイラのビテイコツあたりに……
そういえば、先日
こんなこともありましたっけ
朝、お雑煮をいただいてたら
やこい、ほっちゃほちゃのモチが
のどに……
その刹那
モチを食って踊りを踊る
猫の心持ちが、よくよく
身にしみました、とさ

あったり前のことを
あったり前に言うにも
たいへんな
勇気がいるものです
その、よい見本が
大岡越前守忠相
して、わるい見本が
今回の○○事件、えてしてして
もっとわるいことだって……

「あんた、間違ってる」
って
こんりんざい
言うな
その、お口が
ひんまがるぞ

もののあはれを知る
人となれ
わからずといえども
答えは
あるはずぢゃ
——本居宣長、ぢゃ

——本日の『鑑定団』より
かくしゃくとして
チャーミングな、90才の
おばあちゃんの登場です
なになに
水中エクササイズと
コーラス教室と
マージャンの日々ですって
（おったまげー）
して、そのチンチクリンな
猫のお宝も、なんと
150万円也
めでたし、めでたし
案外と〝人生100年時代〟も
まんざらでもないかも

政治とは
妥協と○○○○の産物
とかなんとか申しますが
そんななか
〝解決なきをもって解決とす〟
とは
げに、妙案なれど
のちのち、泣きをみるのは
○○○

ふうちゃんへ
ほんと
お馬さんと
お話できたら、いいね
もし、そうなら
おっちゃんだって
どんだけー、ハズレー
ってなことにも
ならないかもね

春の日ざしが
ポカポカと射しこんで
けっこーやねー
と
けっこう毛だらけ、ねこ灰だらけ
ホコリが、目立ちますよねー
で、すかさず
ダスキンをかけまくる
今日この頃
ほとんど、サカガミ君のごとし

『ボーイズ・ビ・アンビシャス』
ブラジルの日本人学校で
教鞭をとっておられる
ゆうちゃんより
写真が届きました
なにやら授業風景のようですが
おいおい、かんじんの
ご本尊が写ってませんぜー
元気ですかー
もしや
写真にもおさまり切らないくらい
でっかくなっちゃったー
いえいえ
図体のことではありませんよー
人間力のことですよー

春うらら
とある、クランクにて
見るからに
オーラを放っている
ピッカピカの
高級車（初心者マーク付）
ドライバーは、それなりに、美人
……おいおいおいおい
ストップストップ！
左左左‼
ダメダメダメダメー‼‼
とまれーー‼‼‼
あ～あ
電信柱にこすっちゃって
ボク、知ーらないっと

今日は
カラスと
スズメと
シロクロ鳥を従えて
春起こしをしました
して、そのココロは
三蔵法師のごとし
スリランカのニュースは
どうしたことか

（あっちゃあ、もちょっと
　よく焼きゃあ、よかったかも）
とは、おくびにも出さず
超レアーなステーキを
老ライオンのように
食いちぎる、の巻
して、そのココロは
迷亭先生の
もりソバを食すがごとし

雑草、雑草と
そう、無下にしなさんな
どれもこれも
すべからく
美しい花を
咲かせます
（野村カントク談）

わーい
わーい
休みだ
休みだ
っていって
さりとて
ボーッとする
お人もいて
ま
それもアリかな
っていって
一句
「おわっちゃった
　計画倒れの
　10連休」

ケーキ職人さんが
丹精込めて作った
お誕生日ケーキを
シロートさんが
まっとうに切るのは
ラクダが
針の穴を通るより
難しいです
ほれっ、グッチャグチャに
されど、おいしーわー

今日この頃の
吾輩の愛読書は
『野菜づくりは楽しいな』
です
こっちが、ダメなら
あっちで、がんばろっと
そうしましょ、ったら
そうしましょ、っと

ネギは九条、でしょ
ナスビは千両、でしょ
トマトは桃太郎で
キューリは見た目、でしょ
ニンジンは
いったかみたかで
ピーマンは
あなたまかせ、でしょ
ジャガイモは、土《どろ》よせが
かんじん、かんじん

新緑に
見えつ隠れつ
頼朝公

……そんな、あなたに
ボードレールさんより
一句
『僕等は大好きな
悔恨を
育てあげる』
（字あまり）

人間界では
「空き家問題」が
深刻なようですが
ツバメさんの
住宅事情のほうも
あちらでも、こちらでも
門前払いを喰わされて
ご苦心なさってる
ご様子が見受けられる
今日この頃です

本日のお買いものは
カビキラー
フライパン（26㎝）
くつ下
有機石灰
ノート
カッター・ナイフ
そしてそれから
〝サエキさんちのお弁当〟
買って帰ろ、っと

カビキラーは
効くぞー!!
わが家のお風呂場も
リフォーム仕立てのごとく
ピッカピカに
だけども、問題は
おいおい
それ以前に
こまめに
お掃除、お掃除

『ぞうきんを
当て字に書けば
蔵《くら》と金《かね》
あちら
拭く拭く
こちら
福々』

サンドイッチが
大好物です
ですが
〝パンの耳〟の
心情を思うと
その〝パンの耳〟のみ
買い求める
貧乏書生さんの
身上を考えると……

昼休み
新緑の下
フランクフルト
（からし多めで）
隣りの彼女は
手作り弁当
（ひと口、わけて）

ハーレーダビッドソンに乗って
マサアキくん
さっそうと登場、の巻
ライダースーツも
バッチシきまって、またまた
惚れ惚れしちゃいました
が
いったん、コケると
JAFに救助を求めなきゃならないのが
たまにキズ

うちの田んぼには、色々な
昆虫が棲息しておりまして
……あめんぼ、ヤゴ、みずすまし
げんごろう、おたまじゃくし
ひる、タニシ、などなど
ご存知ですよね
おたまじゃくしは、カエルに
ヤゴは、トンボに
あめんぼは、カトンボに
げんごろうは、ゴキブリに……

うちの畑より

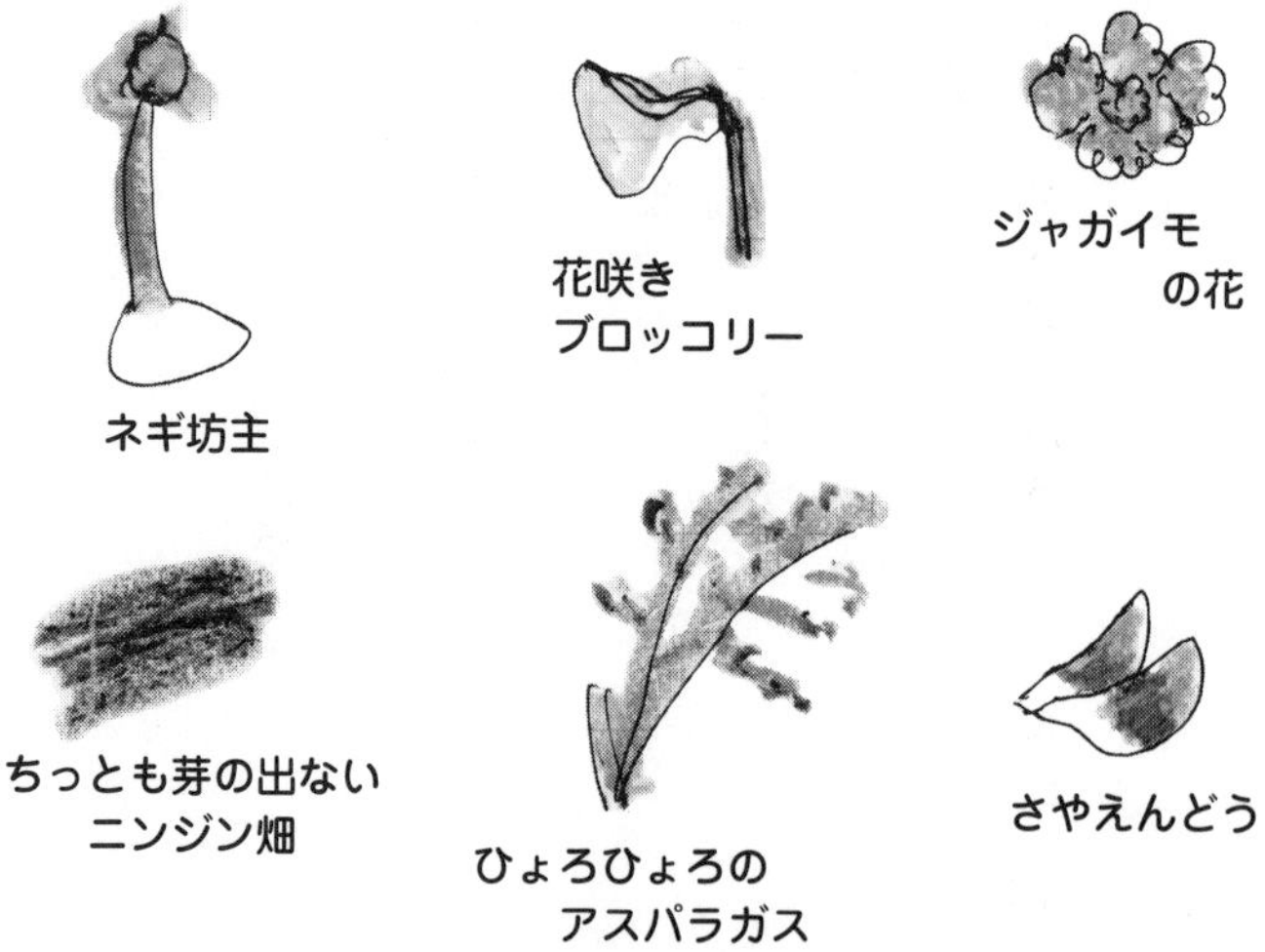

〝ぴんぴんころり〟の
コツは
〝病院に行かない〟
〝検査をしない〟
だそうです
どうせ、また
コンドウナニガシ先生とやらの
お説でしょうが
かくゆう私めも、今日届いた
市役所からの重要書類をば……

——とある、夜明け前
海釣りに行く、同好会の面々
田んぼを見回る、篤農家
いそいそと、ゴルフの徹くん
爆走する、代行タクシー
睡眠不足気味で、早番の彼女
猟友会の二人組
『リポビタンD』を
一気飲みする、二日酔い野郎
どちらさんも、つつがなく

○○様へ
あの時
ガールスカウトの少女と
帽子を
とっかえっこなされば
おチャメだったかも

「８０５０問題」
なるものが存在するそうですが
いえいえ
わが家では、とうに
「９０６０問題」が
進行中、だって
口さがない連中は
申しますが
なにか、大いなる
誤解があるようでして……

長善寺さんの
葉桜をバックに
若はんと
自転車デビューの
お兄ちゃんと
三輪車ながら
はやはや
社交的な
慈ちゃんと
ハイ!!　ハイ・タッチ

お題　三バカ大将
「バカなまねは
　およしなさいな」
♪馬鹿にしないでよー
　そっちのせいよー♪
「バカは
　死ななきゃ
　なおらない」
ってか

ひとりぼっちが
しあわせな
わけがありませんが
きょうび
ひとりぼっちでも
しあわせで
ありますよう
ささやかながら
しんぼうと、どりょくが
ひつようかも

ねえ
ヒマ？
って
とっても
大切な
時間なんです
と
ギリシア人は
考えました

本日は、お日がらもよく
絶好の、ジャガイモほり
日よりとなりまして
さっそく
ちっちゃいのを、5つ6つ
ジャガ塩バターにして
本日のおつまみに

子供の頃、父親に連れられて
庄川へ、よく鮎釣りに行ったもの
ですが、1匹も釣れた記憶がない
のは、どうしてかしら
……などと、思い出にひたりつつ
とおるクンに
おみやげにもらった
『郡上鮎パイ』をかじりつつ
チビチビ、やってます

北海道には
『メロ～ンな
ブラックサンダー』
が、あるらしい
嘘じゃないもん
本当だもん
その証拠に
としみっちゃんに
おみやげに
もらったもん
……などと
他愛もないことを考えつつ
チビチビ、やってます

ビニール傘に
あじさいのワッペン
はりまくり

ほんの、つい先頃まで
丸裸だったネムの木が
みるみるまに
青葉繁れる候となりまして
ほら、今日
花が咲きました
くしくも
小学校の
プール開きの日

水たまりめがけて
ホップ・ステップ・ジャンプ

梅雨晴れの
ジャングルジムの
上でｋｉｓｓ

聖書に
たしか、こんなお話が……
『空を飛ぶスズメを見よ
まかず、草取りせず、収穫せず』
なれど、スズメは
ちゃんと生きてます
何故でしょう
それは、おっちゃんが
飼付《え》けしてるから
しかも、〝まぼろしの神代米〟

幸福論
毎朝、缶コーヒーを１本
お買い上げいただき
吾輩の作文を
心して、読んでいただき
さては、今日一日、お仕事
がんばっていただければ
なにかいいこと、あるかも
なお、当店では一切の責任は
負いかねますんで、あしからず

ううん
こっちこそ
って
一度でいいから
言ってみな

クリオの神様が
わらってらい

お題「海水浴は薬である」
……そういえば
もう、何年
海へ、行ってないだろう
そう、あれは
『ジョーズ』を見て以来
ズン
ズン、ズン
ズンズンズンズン……

岸渡川べりのベンチで
心を遊ばせる
お人、あり
あれっ
中川文房具店のおばちゃん？

例えていうなれば
パッと見
うちの畑が
はたして
〝畑〟と呼べるシロモノか
単なる
〝草むら〟か
判断のわかれるところが
まるで
今回の選挙戦のよう

かくあれかし
打ち上げ花火と
民主主義
上から見るか
下から見るか

四つ葉のクローバー
めっけ
みなさんにも
おすそわけ

椿一輪
乾坤一擲《けんこんいってき》
水面に落つ

タツジ君
ひさびさの登場、の巻
ほいでもって
オイラの、おつまみ用の
〝冷やしトマト〟をば
丸かじりして
ハイ、さようなら
おいおい
タネを取り除《の》けないと
盲腸になっちゃうぞ

かわいそうだけど
スズメさんに
お米、あげるの
やめました
だって
カラスのかん太郎が
横取りするんだもの
これを、自然界では
「弱肉強食」と申します

ずんとく川で
釣り糸を垂れている
お人を、ちょくちょく
お見かけしますが
太公望でも
隠遁《いんとん》者でも
なんでもありません
ナマズ１匹、８００円で
売れるんだって

ちっとも赤くならない
あいそも何もない
うちのトマトとは
うらはらに
小生もまた
〝含羞《がんしゅう》の徒〟
ですもん
耳まで、まっかっか

一方で
どさくさにまぎれて
ちゃっかりと
『[redacted]』
なんちゃって
教科書にのせちゃったりする
お国もあったりなんかして
まったくもって
油断もスキもありゃしません

お客さん、お客さん
大丈夫ですかー
ヨレヨレですよー
えー
なんですってー
この〝生命《いのち》にかかわる暑さ〟の中
一日中、工場内で
熔接のお仕事ですってー
……チーン

そうではなくて
〝心はひとつ〟
ではなくて
〝心はひとつ、ひとつ〟
だと思います

ルネッサンス‼
制度・しくみの改革は
さておきまして
人間様の
意識が変わらないと
何も、変わらないと
思います

せっかくの、お休み
ちょっくら
自慢のバイクで、ひとっ走り
のはずが
またしても
エンジンがかからず
汗だくで
キックしまくるのは
例によって、お向かいの中山さん

一本の木を
しめ殺して、なお
おのれの生存のピンチ
とは、つゆ知らず
咲き誇る
ノウゼンカズラ
って、
身のほど知らず
だと、思いませんか

歴史の本を読んでおりますと
「蝗害《こうがい》」で、不作で、飢饉で、
餓死者が十のうち六、七……
などと
フツーに書いてありますが
「蝗」って、バッタのことでしょ
うちの田んぼにも
わっさわっさいるんですけど
営農指導員さん
大丈夫なんでしょうか

――経済学入門

投資じゃなくて
消費でしょ
っていうのが
私の持論なんですけど
負けおしみ、でしょうか
「金は天下のまわりもの」
っていうがごとし

今日は、うちらの在所の
地蔵祭りなので
それにちなみまして
『お地蔵さんとバカ竹』
の、お話の
はじまり、はじまり
……以下
『吾輩は猫である』
を、参照のこと

ウソでも嬉しいです
ってなこと
たまには、ないとね
ねえ
中高年の皆様

「秋ナスは嫁に食わすな」
とかなんとか申しますが
嫁のいない吾輩は
焼きナスをつまみに
ひとり、たんたんと
たんたかたんと
チビチビ、やってます
とかなんとかたかたんたんたんたんで
今日も日が暮れる、ああ

続、お地蔵さんのお話
呉羽山の
五百らかんさんへ行ったなら
自分にそっくりな
お地蔵さんを見つけたなら
頭をナデナデして
おさい銭を
たんまりと差し上げたなら
なにかいいこと、あるそうな

つくつくぼうしの
断末魔を聞けよ
と、そんなふうに感じるのは
人間様の勝手で
知らぬ存ぜぬで
そこらへんに
ひっくり返っている
つくつくぼうしって
つくづく、自然主義的

「〇〇〇〇は
わが国固有の領土である」
VS
「〇〇〇〇は
われら3000万人の同胞の
尊い命を犠牲にして
ぶんどった
わが国の領土である」

よくはわかりませんが
柔道の寝技で
押さえ込まれた場合
何故、あぁも
金メダリストといえども
しれ〜〜
と、なっちゃうんでしょうか
ボク的には
しゃにむに、ジタバタ
してもらいたいところなれど

ちっちゃい図体で
めいっぱい
のどをふくらませて
でっかい声で鳴く
雨蛙
ちょっ
また、雨かよ

『飼い犬に手を噛《か》まれる』
とかなんとか申しますが
手、どころか
あちらこちら噛まれて
病院送りも
しばしばなのは
いさおちゃんち、ご家族ご一同様

イクゾー先生
なーんか、ここんとこ
いい顔してるんで
「なんか、いいこと、あった？」
って、お尋ねしたところ、ひと言
「あきらめの境地!!」
だって
で
それもアリかな
って思いました、ボク

人の力を超えたもの
そんなもの
私は、信じない
かわりに
人の力を超えたもの
の、せいにもしない
と、○○○○は言いました

見れば見るほど
ブロッコリーって
ワンダーランドな
お野菜ですよね
見ようによっては
『白雪姫』に登場する
小人たちの棲んでいる
森のように
見えなくなくもないような

台風に備えて
雨どいの修繕をする、の巻
ハシゴをかけて
地上5mばかり登りますすと
ハシゴが揺れているのか
オイラがふるえているのか
どっちがどっちか
わかりまっしぇ〜〜ん

突然ですが
おっちゃん
ひらめきました
ニュースで
東北地方の
「こけし祭り」なんぞ
やってましして
そうだ!!
「ケン玉もできるこけし」
って、どうよ!!

5年ぶりに
免許の更新に行ってきました
だって
優良ドライバーですもん
で
その写真を見て、ひと言
確かなものは何もないけど
おっちゃんのウス毛は
確実に
進化してる、ってこと

天晴れな秋晴れとは
うらはらに
人間関係のわずらわしさは
さておきまして
朝、食べた
イワシの骨が
のどに引っかかって
なんとも納得のいかない
今日の午前中

ヒゲの、さとうさんへ
よかれあしかれ
かの国は
有史以来
専制国家ですから
と
『世界の歴史』には
そう、書いてありますから

冷蔵庫
メモはりまくり
母は強し

カラスもスズメも
生きとし生けるもの
みなみな
あわただしい朝っぱらから
台風情報は、つけっぱなし
そんななか、一句
「悠然と
　空を見上げる
　蛙かな」

秋の物産展
2周まわって
おなかいっぱい

納豆は
朝、食べるといいとか
いえいえ、夜のほうがとか
温かい御飯にかけてとか
いえいえ、冷やメシのほうが
とか、そんなの
どうでもよくねえ?
大事なのは
白く糸をひくまで
よっく、かきまわすこと

すいません
で
すむか
って
お話、ばっか
〃内向の世代〃
とて
いっしょ、です

トバリさんの
算盤《そろばん》ずくの
解説も、全然
わるくないです
むしろ、小気味よいです
お声もステキですし
おそらく、私生活も
自己管理が
しっかりしてショウ

お題『社会を明るくする運動』
近頃、めっきり
社会が明るくなったような
それもそのはず
外灯が、順次
LEDに変わってるんですって
いっそのこと
監視カメラも搭載すれば
もっと、明るくなるかも

近頃、なにかと
食べものの話題が多いのは
わが家の「エンゲル係数」が
高いからかも知れません
なお
専門家に言わせると
これはあまり
自慢できることでは
ないそうですが

えい山に
神木かついで
もみじがり

「キャッシュレス化」について
はたして
誰が得をするのか
おそらくは
高度金融資本主義

まゆみちゃん、まゆみちゃん
おいしいおいしい、手作りの
なんなら今すぐにでも
小さなお店が出せそうな
それでいて、万事
ひかえめで、そして
ビター&スウィートな
☆☆☆パンケーキ☆☆☆（星、3つ）
おいしゅうございました

あれっ
まあっ
もと
熱血漢の
にしのクン
すっかり
まあるくなっちゃって
どうか
お手やわらかに、ね♡

いっつぁんと、オイラと
大《だい》の大人《おとな》がふたりして
よせばいいのに
愚痴の、言い合いっこ
やれ
「雑与がかかる」だの
やれ
「あかぎれが痛い、痛い」だの
やれ
♪やれやれやれやれヤー♪だの

廊下にて
日なたぼっこしながら
読書の時間
ついでに、一句

日なたぼっこ
猫でも飼《か》おうか
名前のない猫

季節は、冬
いま、ここ、君と
東京、モノレール

『東京物語』

嘘みたいな、本当の話
降りたい駅で
降りられなかったり
満員電車では
宙に浮くことだって
あ、それから
両手は常に
ホールド・アップ
しておくように

いわゆる、ひとつの
方法論として――
これは、わたしの問題です
それは、あなたの問題です
あれは、かなたの問題です
われわれの問題は、どれ
(いっぱく、おいて)
お先に、どうぞ

橋下さん、いわく
〝法〟を順守してるから
何の問題もないんじゃなくて
〝法〟そのものに
問題アリ‼　だって
問題提起されてましたが
まるで
ハムレットのようでした
問題は
ご自身の進退でしょうに

何故
〝まぼろしの神代米〟は
かくも、おいしいのか
それは、ね
この農閑期
ミカンやらリンゴやらバナナやら
♪キウイ・パパイヤ・マンゴー♪
などなどの果物の皮を
田んぼに、ばら撒いているから
だからとっても、フルーティー

「これだから困るんだよねえ
　理性より感情が
　先走っちゃうんだから」
――とある、韓流ドラマより
他意は、ありません
これっぽっちも、ありません
見たまま、聞いたまま
書いたまま

薬づけの
日本人に、告ぐ
もっと
〝自然治癒力〟
を、信じなさい

――参考文献
モンテーニュ氏
『エセー』

パプリカ、って
とうが立った
ピーマンのことかしら
うちの畑の
ほったらかしのピーマンも
赤くなったり
黄色くなったり

朝まだき
新聞をとりに出たさい
ふたご座流星群を
ひとつぶ、見つけました
ラッキーです
そのあと
風邪で
2日間、寝込みました
アン・ラッキーです

かるーく
2、3百羽ものスズメが
群れて飛んでいるのに
ぶつかったりしないのは
何故でしょうか
そういえば
お魚クンだって
そうですよね
不思議ですよね
よし‼　わかった‼
われわれ、霊長類たる
人間様だもの
見習うべきところは
おおいに
見習いましょうや

今年の目標は
なにはさておき
この、目の前にある
〝千里山荘〟さんの
おせち料理三段重
を
完食すること

やけに
しんとして
氷の刃が
つきささるよな
そんな真夜中
しんしんとして
雪は、降りつもる
……はずが
なんだか今年は
暖冬かしらん

鍋《なべ》、食った
今日の当番
ジャンケンポン

お正月には
釣り番組が、よく似合う
〝富士山には
月見草が似合う〟ように
……んで
なんじゃ、こりゃ！？
〝ゴライアス・グルーパー〟
って
オタク
シーラカンスの、お友達
はたまた
ウーパールーパーの
ご先祖さま？？

ショウジョウバエの
実験によりますと
求愛行動は
めげずにやるのが
よろしいようで
との、こと
ふん
なによ
こちとら
人間様だい

雑居ビルの階段の踊り場に
うずくまる、少女
靴まで、ぬいじゃって
そんな、ワケありなシーンを
見て見ぬふりをして
いつものお店へ一目散の
おっちゃんとて、まずは
ママに、ご相談
あとは
ママの、腕の見せどころ

環境問題について
あの、少女の
あの、表情
あの、口ぶり
あの、態度
あの、行動
あの、生き方

小池さん、いわく
インスタントラーメンの
おいしい作り方は
お湯を沸騰《ふっとう》させないことです
イメージ的には
麺を
ゆでるんじゃなくて
ふやけさせるんです

○○ちゃん
ぐらぐら、しなさんな
でも
だるまさんだって
ぐらぐら、してるよ
ほら、ころんだ

チンゲンサイって
なんて、見栄っぱりな
お野菜なんでしょう
あんなに、たんと
炒めたのに
えっ
たったの、これっぽっち
これじゃ
オイラの取り分がありませんぜ

自分のいびきが
うるさくて
目がさめた経験
ありませんか
で、一句

大寒の
空にがんばる
三日月あり

今日は
ダスキンの
スベリがわるかったり
サランラップが
ピッタリこなかったり
お化粧のノリが
イマイチだったり
たまには
そんな日も、ありますって

冷たい言い方ですけど
〝自助努力〟
が、足りませんね
と
さんざっぱら
うちらの業界は、お叱りを
受けてまいりましたので
今ではもう、すっかり
慣れっこでして……

〝人生100年時代〟
って
サバ、読んでんじゃ
ねーよ

広報によりますと
わが市の人口が
16万人→10万人
へと、減少するそうな
こうした場合
そうならないよう
どうしたらいいか
を、考えるよりは
そうなったとき
どうしたらいいか
を、考えるのが
おっちゃんの
おっちゃんたるゆえんでして
して、答えは
なるようになる、ちゃ

さむっ!!
マイナス4度だって
ですが
ちょっと、タイム
北海道では
マイナス26度だって
そんな、コチコチな
♪大空と大地の中で♪
力のかぎり生きていらっしゃる
道産子のみなさんに比べれば
どうってこと、ないっしょ
というわけで
ブルブル言ってないで
さあ、さあ
お仕事、お仕事

宗教的感情のまだらな
現代日本におきまして
「想送式」って、なあに
「家族葬」とか
「墓じまい」とか
「死ぬときくらい
好きにさせてよ」とかって
これって
おそらくは
よい兆候なんでしょうね
なんにも変わらないって
ちっとも進歩しないって
ことですもんね

義理と
人情主義の
現代日本におきまして
万事
裏メ、裏メと
出ませんように

おっちゃん拝

ひろちゃんへ
宿題です
一日、十回
笑うように
ちなみに、笑うと

こんな目になる、お人
好きです

黒澤カントクばりに
〝お天気待ち〟
雨に白くけむって見えない
西のお山が
墨絵のように、ようようと
浮かび上がってくれれば
もう、しめたもの
もうじき、雨も上がるでしょう
そしたら、畑へ
シュンギクをとりに……

お題『隣りの芝生は青い』
紅白並んで、梅が咲いてます
木蓮《もくれん》も、つぼみがちらほら
その下には、れんぎょうが
いえいえ
わが家の庭ではありません
お隣りさんのお庭です
心なしか
小鳥たちも、あちらのほうが
お気に召しますようで

お題『猫も杓子も』
2月22日
今日は〝猫の日〟だそうな
ニャンニャンニャンの
語呂合わせだそうな
なら
我々、富山県人なら
ニンニンニンで
〝忍者ハットリくんの日〟
と、しましょうか
〝ふ・ふ・ふの日〟
でも、OKです

お題『早起きは三文の得』
べつにー
なーんも
たーだー
とし
くっただけー
あー
しんぶん
まちどーしーなー

朝
小さな親切を、しました
夕
手作りパンが、届きました
お互い様に
心持ちのよい、一日でした
で
しっかと
親子三人で、やま分け

あぶらあげと
かぶらの
おつけって
おいしいですよねえ
これを、異国では
〝アブラ・カブラダ〟
もしくは
〝アブラデ・カブラダ〟
と、申します

——ふむふむ
おっちゃん、会心の
オヤジギャグ

いっぺん
痛いメに遭えば
わかりますって
それでも
おわかりいただけないのなら
……ダメだ、こりゃあ
（いかりやさんふうに）

僕の
おでこに
キズバン
君の
ほっぺに
初キッス

――♪君と僕のブー♪より

やけに
突風の吹きあれる、今日この頃
当店の店先の
はがれかけたポスターが
ヒラヒラヘラヘラ
しているのを見て
♪いちご白書をもう一度♪を
口ずさむ、お人があれば
あなた
あなたは、わたしの同志です

警告!!
先日来、当店の店先に
不法ゴミを
不法投棄していく
輩《やから》が出没しておりまして
おっちゃん
なみだ目で、半日がかりで
その後始末をするハメに
おかげで
〝人間不信〟になりそうです

告白

おっちゃん、嘘をつきました
〝まぼろしの神代米〟
さほどでも
人気エートーエートーでも
ありません
すなわち
わが家では
今日から、やっとこさ
新米、です

崖っぷちの、あなたへ

いっそ
飛べば
案外と
飛べる
……『かもめのジョナサン』

緊急事態宣言が発令されるなか
〝巣ごもり〟状態の、あなたへ
東京都知事も、おっしゃる通り
ここが我慢のしどころです
ですが
おっちゃんみたく
車のバッテリーが
あがっちゃうほどの
〝ひきこもり〟は
なんぼなんでも、考えもの

スーパームーン
ご覧になりましたか
で
誰かに似ていると
思いませんでしたか
そう、この人
誰でしたっけ
ラブピースさん？
でしたっけ
確か
『フォレスト・ガンプ』にも
出演なさってましたっけ

そおーーっと
しといてやれよ
『明日はわが身』
って
知らないのかよ
誰かに起きることは
誰にだって起きるんだって

慣れない仕事は
するもんじゃない、の巻
スコッパで
じゃり道のじゃりを散らしたり
用水のヘドロを放り上げたり
ふんだりけったり、つまんだり
おかげで、全身
〝大リーグ養成ギプス〟
を、はめたよう

およそ
喜ぶことの多いお人と
苦しみを減らすことに
四苦八苦するお人とでは
雲泥の差がありまして

なんで
こんなことに
なっちゃうんだろう

だって
世間知らずなボクには
コンリンザイ、理解できませんが
だったら
世間知らずで、けっこうです

お題『絶対音感』
あの
チリチリチリチリ
っていう音が
聞き分けられたなら
あなたはもう、りっぱな
焼きソバ職人です
もちろん、焼きソバは
☆マルちゃん☆です

うちの畑の
春どれキャベツ
初収穫です
で
1枚、葉をむしると
キャッ！
○○○○が
で
おそるおそる、もう1枚
キャッ、キャッ!!
これでもかと、さらに1枚
キャッ、キャッ、キャッ!!!!
かくして、キャベツは
どんどん小さくなりました、とさ
されど、無農薬です

ちっとも芽が出ないのは
お天気のせいで
売り上げが伸びないのは
お客さんのせいで
不平不満が募るのは
政治のせいで
地球温暖化は
人類のせいで
ストレスがたまるのは
お隣りさんのせいで
……等々
今日のお題は
♪ハハ、のんきだね～～♪でした

岸渡川沿いの
葉桜並木を横目に見ながら
正やんの
♪ささやかなこの人生♪を
口ずさむ、お人があれば
あなた
あなたは、わたしの同志です

ひとりでも孤独じゃない
と
強がるお人と
みんなと一緒でもひとりぼっち
と
弱音を吐くお人と
どちらさんも
大切な
お客様ですもの
おお、よしよし

ちょっと前だけど
『ケーキの切れない非行少年たち』
という本が
ベストセラーになりましたが
うちのオヤジだって
『ますの寿し』を
8つに、切れませんぜ

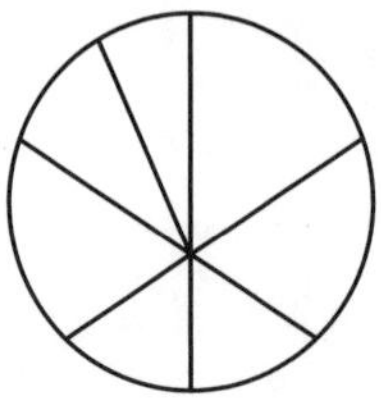

こんなん、アリ??

おやおや
イクゾー先生
いかが、めされましたか
今朝《けさ》
あんなに
ホワイトだったのに
こんなに
ブラックになっちゃって
なになに
丸一日、田植え機に
ええええ
よりにもよって
この、真夏日に
そりゃそりゃ
どーも、どーも

せんだって
濃いめの除草剤を
たっぷり、散布しました
にもかかわらず
ちっとも、枯れません
何故でしょう
プロの農家さんなら
おわかりいただけますでしょう
「バスタ」と
「バサグラン」とを
間違えちゃったから

〝イワシの力〟

なーんか、くさくねー
台所も、居間も、店先も
朝っぱらから
イワシを焼いたせいか知らん
しかも、毎回毎回
グリルのお掃除が
もう大変、なくらいに
脂のしたたりおちる、高級品
おかげで、こんなに
ＤＨＡな……

〝ジャガイモの力〟

ずるずる
大地が陥没し
じわじわ
地割れが始まるや
めりめり
一転、隆起して
ある日、突然
緑の物体が
わっ！
やっと出た
ジャガイモの芽が
……などと
毎日、観察するのが
すごく楽しい、今日この頃

「新しい生活様式」について
「あなた」は「わたし」より
古い
「群れ」は
もっと、古い
古いからといって
安閑とするなかれ
新しいブドウ酒は
新しい皮袋に
って、ほぼ、全文、引用文

――国会中継を見ながら
誰も経験したことのない
災難だもの
運を天にまかせての
判断だもの
暗中模索の
前進だもの
つべこべ言っても
始まらないもの
結果はどうあれ
責任だけは
取っていただきたいもの
それが、政治家たるもの

人間

あきらめが肝心です
約一ヶ月前に、種をまいた
ホーレンソー
ちっとも、芽が出ません
もう、やってられません
もう一度、一からやり直し
今度は、心を入れかえて
サニーレタスに
挑戦してみましょうか

人間

あきらめてはなりませぬ
約一ヶ月前に、種をまいた
ニンジン
芽が出たみたいです、多分
雑草とは違うでしょう
違ってほしいものです
違うといってくれ
念のため
もうしばらく、様子見

うちの畑で、とれたての
1本のアスパラガスを
3等分にして食べる、の巻
〝母の日〟に免じて
オフクロには
柔らかい、てっぺんのところ
大黒柱のオヤジには
まん中へんの、よいところ
生産者であるところのオイラは
根元のほう、少々スジメ
……ああ、なんとこれは
『一杯のかけソバ』にも似て
感動的な、お話なんでしょう

あなたが思っている
あなたと
みんなが思っている
あなたと
違っているとしたら
あなたの
進むべき道は……

あなたの
お好きなことを
おやんなさい
あとは
どうでもいいこと
余計なこと
わずらわしいこと
あってもなくても
別に、かまわないこと
（きりんさんふうに）

ああ、かん違い
太陽が
昇ったり沈んだり
そんなんじゃありませんってば
地球が
ぐるぐる、くるくる
回ってるんですってば
法王様の、××××
と
コペルニクスさんは言いました

○○○○について
かつて
この地球上には
恐竜やマンモスが
生存してたってこと
人類も
くれぐれも
そういうことにならぬよう
と
カントさんは言いました

おややっ？
キジ、って
キジキジキジキジィー
って鳴くから
キジ、なんでしょうか
答え
ああ、かん違い
あの声は、キジではなくて
ただの、ものまね上手な
カエルくん、でした

なんつーか
今はそう
心をためる、時です
くじけないで
いじけないで
ふみにじらないで
かよわせて
なごませて
はずませる、時です
（未完）

そんなの別に
あー、そーですか
で
すむ話じゃないですか
それを、なにを
そんなに杓子定規に
……って
おっと、思わず
オイラも
言っちゃいそー

『自分のものさしで
他人を判断するという
万人に共通の誤り』
――モンテーニュ
　第二巻
おっしゃる通り!!
価値観・世界観・人生観
『みんな違って、みんないい』
って
何べん言ったら、わかるんですか

おやっ
今日は
黒と茶色で
シックに
きめちゃって
まるで
『きのこの山』みたい

心の声が
聞こえたなら
あなた
○です

心の声が
届いたなら
あなた
♡です

心の声が
えっ……
もう、うんざり
ですって

今日のお昼は
お肉
宮崎県産の、☆☆☆有田牛☆☆☆
10ケタの
固体識別番号付き
世が世なら
どこぞやの一流レストランの
チューボーに納まるはずが
今回のコロナショックで
めぐりめぐって
通販で
お安くゲットできました、とさ
ああ、これも
運命のいたずらか
1527710250君

ところで、みなさん
10ケタといえば
わが国が、鳴り物入りで導入した
マイナンバーカード
こちらのほうは、さして
人気がなさそうなのは
何故でしょうね
でも、心配御無用
近未来的には
ぼんのくそあたりに
マイクロチップを埋めこんで
あらゆるカードも
無用となることでしょう
とは
おっちゃんの、大予言

ひと様の
ご意見ばっかし
聞いてたって
一歩たりとも
前へ
進まんぞ!!
って
ワンさんに
シッタゲキレイされました、ボク

黒い軽トラを
ガタゴトいわして
ダンディーに、キメまくって
東へ、西へ
パークゴルフへ
田んぼへ
今日も、行く
しかも、無類の骨董好き
むむ、ただ者ではない
ワンさんは、そんなお人です

反省文
万事
「身から出たサビ」
と、思い知れ

大変、長らくお待たせしました
サトイモ
やっとこさ、芽が出ました
ニョキッ、って
まるまる、２ヶ月でっせー
でも、まあ
初霜《はつしも》がおりる頃まで
まだまだ長丁場ですんで
あせらず、ゆっくり
マイペースで

わが家の食卓では、いわゆる
サラダ・ドレッシングなるもの
初登場です
で
父母、のたまわく
おおー、美味じゃあー
飲んじゃえ、飲んじゃえ

近頃、ハマッていること
スパゲッティーの
湯で加減の
良し悪しや如何に
ってんで
おもむろに
1本つまんで
壁に投げつけると
ペタッ!!
んー、クセになりそう

〝柔軟性〟について
大なり小なり
組織というものは
いっぺん
立ち上げたが最後
もうあとにはひけない
タチのものでして
それから先は
肥大化・硬直化・形骸化へと
まっしぐら

お題
『仲良きことは美しき哉』
武者小路先生が
野菜の絵ばっかり描かれるのと
吾輩が
それの作文を書くのと
一脈、相通ずるものが
あるやも知れませんね
いわば
シラカバ派

『無為自然』って
無《な》んにも為《し》なくっていい
自然のまんまでいい
って
そんなふうに
安易に考えてはいませんか
そうではなくって
もっと行間を読まないと
ねえ
なまけもの諸君

森林組合にお勤めの
Mさんの言うことにゃ
伐採作業中
スズメバチに刺されて
生死にかかわるような事故が
少なからず発生するそうですが
おお、こわいですねえ
ところで

――つづく

うちの畑で
花から花へと
あちらこちらと飛び回る
コヤツは
いったい、何者なんでしょうか
ブウンブウン、うなってますけど
そのかたわらで、せっせと
朝採れキューリを摘む
おっちゃんの運命やいかに
……ってな、お話お話

いつもお世話になってます
木屋さんの
巨大な倉庫の
どっかこっかで
ウグイスが鳴いてます
が
それがまるで
FM放送から流れてくる
『日本全国野鳥の声大全集』
（ウグイス編）みたいに
あまりにも美しく
あまりにも完璧すぎて
にわかには
本物だとは信じかねる
懐疑論者の三代目、の巻

あと、もう、ちょっとで
1日か2日すれば
♡完熟トマト♡になる予定の
うちの畑の、トマトA
今朝、見たら
あんぐり、やられてましして
それで、とっても
アングリーな、今日一日

――本日の新聞の投書欄より
いましたねー
「すいっちょん」って
「スイーッチョン」って鳴くから
「すいっちょん」
で、さっそく、取材をかねて
うちの自慢の草むらを
捜してみたら、いましたねー
で
捕まえて、虫ピンで刺して
標本にして、ここへ展示しようか
とも思いましたが
♪およしなさいよ
　バカなまねは♪
って、いっつぁんが言うので……

バス停からの帰り道
さながら
ウィーン少年少女合唱団を
ホウフツとさせるよな
ーちゃん姉弟の
ハーモニー

形あるものは、いつかは
こわれるものなのよ、の巻
わが家の温水器が故障しまして
どーにもこーにも
買いかえるハメになりまして
それが、あなた
このたびの給付金で、なんとか
ちゅーがつきまして
♪ああありがあたや、ありがたやあ♪

なんですかよー
こわいですよー
その、笑顔
口角が
あがってますよー
あがりすぎですよー
バットマンの
敵役《かたきやく》みたいだよー
（いながわさんふうに）

古人、いわく
「時間が薬です」
それを、あなたは
ギィーコ、ギィーコ
ゼンマイを巻き戻すみたいに

パンドラの匣《はこ》
も一度
あけたら
どうなった
空っぽに、なった

運命
天命
羊は、メエメエ
……というわけで
北海道は帯広より直送の
羊のお肉をめぐる冒険の
テンマツは、いずれまた……

黄色いスイカ
食べたこと
ありますか
こよいの半月は
まさに、それ

俗に
『三代目で身上《しんしょう》をつぶす』
とかなんとか申しますが
拙者のこととは
つゆ知らず

『商売を離れし者は幸いなり』
とは
ローマの諺にもある通り
スイセンのママさん、しかり
◯◯ラーメンのキクちゃん
しかり
某呉服店の若旦那、しかり

お題
『天は自ら助くる者を助く』
いま
まさに
正真正銘
『自助努力』の時代が
やってくる、かも、
とは
吾輩の予言、です

コモン・ロー
って
ふつうに
常識、ってことでしょ
その、かんじんかなめの
常識が常識でないよな
現代の世相を斬る、の巻

どーした
サンマ
サンマは、まだか
まだならまだで
今夜のおかずは
サンマの缶詰で
がまん、がまん

残暑、お見舞い申し上げます
もう少しの、辛抱ですから
連日連夜、ごはんに
冷たい麦茶をぶっかけて
チーコの手作りの梅干し、1ヶ
ナスビのつけもの、2ヶ
ああ、こんな生活
もう、いやいや
ねえ、そうザンショ

今度の台風、前評判が
なんだか、すごそー
で
おっちゃん、考えました
自衛隊機が
スクランブル発進して
あの、パッチリした
〝台風の目〟を
やっつけちゃえば、って
『インデペンデンス・デイ』みたいに

突然変異、でしょうか
今朝は、いっぺんに、20ヶも
トマトが採れました
が
どれもこれも、そろいもそろって
タンゲサゼン氏みたいな
キズモノでして……
おっと、ひょっとしてこれは
フテキセツな発言だったかも
お詫びして、ボツにしましょうか

本日の
♪ミュージックフェア♪より
マリコさま
あなた
だんだんに
ボサツさまに
お近づきあそばされてるよな

もう、まるまる
ふた月以上も
草刈り、してません
と、どーなるの
見て見ないふり
するっきゃ
しょーがないっしょ

お題『日本人とユダヤ人』
「ユダヤの法律では
誰かが、お金を盗んだとしたら
その人は牢屋に行かずに
お金を返さなければならない
牢屋に入ることによって
問題は解決されないというのが
ユダヤ人の考え方です」
いっぽう、わが国はよい国です
虫歯の治療までしてくれるんです

「すると
どういうことになるかね
諸君は、幸福を
そのあるところに捜さないで
無いところに
捜しているんじゃないのかね」
と
ストア主義者は、言いました

うちの兄キの怪談話を、おひとつ
とある、夕闇どき、交差点にて
挙動不審なマスク野郎が
こっちをニラんでいたそうです
ヤバイかも、と思って逃げたら
怒りもあらわに、追っかけてきて
ますます身の危険を感じて
コンビニに駆けこんだなら
店内までも……
すわっ!!
明るいところで見れば、なんと
わが息子、だったそうです
かくして、めでたく
父子二人、抱き合っての
ご対面、となりましたとさ

シェイクスピア翁、いわく
古今東西
テーマは、ひとつ
ただ
登場人物が
入れかわり立ちかわり
次から次へと、変わるだけ

湖人先生に
やんわりと
悟されました
そこの、アナタ
アナタ
まちがってやしませんか
なんとなれば
ねえ、アナタ
◯◯が足りませんよ

モモエちゃんが
そっと
マイクを置いたように
おっちゃんも、また
…………

ぜっぴつ

——以下、おまけコーナー

ススム君の
缶コーヒーの飲みっぷりの
見事なことといったら
それはそれはもう
天下一品でして
体操のお兄さんよろしく
こうやって、左手を腰にあてて
グビグビグビグビッて
お空をあおいで
プハァーッていって、ヘンなの

何故かしら
ひと様から、よくよく
ものをいただく性分なんですけど
その割には
プレゼントするのが苦手な
この、わたくしメが
めずらしく
ちょっとやそっとじゃ手に入らない
いかしたポロシャツを
「ゴルフウェアにでも、どうぞ」
というつもりで差し上げたのに
なんとなんと
それを作業着にしている
キヨヒサ君て
どう思いますか、ってんだい

ボロの×××のと
言われながらも
おかげさまで
この道、30数年
これって
あたわり
っていうもんでしょうか
ねえ
運命論者の、アキヒサくん

大丈夫
命に別状はないみたい
ほんの、赤チンでも
チョンチョンって
ぬっておけば……
って
おいおい、まさか
赤チンも
わからない、ってか

あなたの
居場所は
どこですか

わたし?
わたしは
ここ、ここ

泣くな!!　二宮金次郎
なんのこっちゃ、さっぱりワケが
わからんとお思いでしょうが
見れば、わかりますって
左後方を見よ
←
大きな石碑が見えるでしょ
←
ここからではそのカゲに隠れて
見えませんが、そこに
ひっそり閑と、金次郎さんが
うずくまっておられますんで
ひと目だけでも
見てあげて下さいな、そうすれば
私の気持ちも、以心伝心……

お得意様の、玄関に
額縁に入れて、飾ってあった言葉
「ああ、いいね」と
見とれていたら
「ちょっと待ってらっしゃいな」
と、わざわざ、額からはずして
コピーして下さいました
その、心づかいが
これまた、いい感じ

——つづく

『四季の心で

人に接する時には
春のような暖かい心で
仕事に取り組む時には
夏のような燃える心で
物事を考える時には
秋のような澄んだ心で
己を責める時には
冬のような厳しい心で』

どうです、背すじがピンッと……

♪I Can't Stop The Loneliness
こらえ切れず　悲しみがとまらない♪
おっちゃん、鼻水がとまりません
花粉症です
朝、目がさめたとたん
ゲリラ豪雨のように襲来して
ティッシュがどんだけあっても足りません
うちの大切なお客様のなかには
年がら年中、花粉症と悪戦苦闘しておられる
カワイ子ちゃんやら
ゴーグルみたいなメガネに特注のマスクで
完全武装のヤンチャ君やら
心中、お察し申し上げます

ユーミンさんの歌に
ありましたよねえ
天使が降りてきそうな空って

ほら
ほら
みて
みて
あそこ
あそこ

『自然は悲しまない』
いよいよ、大切な収穫時をむかえて、
こう、雨ばっかりじゃ
気が滅入りますよね
わが家の田んぼも、ひと雨ごとに
倒れてゆきまして
まるで、当店のカンバンが
傾いていくごとく
わたしの心も、折れちゃいそう

でも、まあ
自然が相手のことですから
しょうがないっちゃ
しょうがないわけでして
そういうわけで
ここで、一曲
○文銭さんの
♪雨が空から降れば♪を
リクエストしたいと思います

富山名産、数々あれど
『ムヒ』って
富山県産のお薬だって、知ってました？
わが家では代々
「オロナイン」党でしたので
ちっとも知りませんでしたが
これが、アナタ
即効できくわ、ベトつかないわで
大層なスグレモノでして
富山県人なら、各ご家庭にひとつ

是非とも、常備しておかれると
よろしいですね
会社名が
これまたふるってまして
『池田模範堂』さんて
おっしゃるんですけど
かくいう、わたくしメも
世のため人のため
模範となるよう
……おあとが、よろしいようで

まんじゅしゃげ
と、さらりと漢字で書けたなら
ちょっと、スゴクない？
わたくしなんぞ、辞典をくってみても
老眼のせいか、乱視のせいか
いささか、おぼつかないので
平仮名にて失礼します

今日、うちの田んぼの道端《みちばた》に
まんじゅしゃげが3本、草ぼうぼうのなかに
咲いているのを発見して……
そう、あれは去年の今頃のことでしたっけ
古村営農組合の納屋の前にまんじゅしゃげが
乱れ咲いているのを見かけて
〝心の琴線にふれる〟
とでも申しましょうか
2株ばかり頂戴して、さらに株分けして
あっちこっちに移植しておいたのは……
そのまま放ったらかしにしてあった
うちの3本だけが運よく
生き長らえたというわけでして
「よかった、よかった」
というような、おしゃべりを
お茶飲み話にしていたところが
年寄り連中が、よってたかって
「そりゃあ、お前、火葬場の花や」とか
「そんなもん植えたら、火事になるぞ」とか
たいそう、忌み嫌われている花だそうで

やぶからぼうに
そんなことを言われましても
ねえ、あなた
花は、善悪の彼岸に咲くものですし
そんな迷信、今どき通用しやしませんし
それに、モモエちゃんの歌にも
あるくらいだし……
そんなわけで
来年の秋もまた、楽しみに
もっともっと
いっぱいいっぱい
咲きますように
と、願いつつ　　……合掌

追伸
ところで
お嬢さん
世の中
ただ美しいばっかりの
お花畑じゃ
ありませんから
ご用心
ご用心

完

わたしの目の黒いうちに、是非とも
白黒ハッキリさせておきたい、かといって
どうでもいいような疑問って、ありますすよね
例えば
「ＮＨＫのラジオ体操には
　まぼろしの第３があるらしい」って
いつかどこかで小耳にはさんだことが
あるんですけど、今日の新聞によりますと
確かに戦後のドタバタ期に
一年あまり実施されていたそうで……
ああ、なんだかこれで、スッキリしました
ネス湖のネッシーみたく
インチキじゃなくてよかったよかった、
の巻

ちぇっ
ちっちぇー
やつ

――『文芸座地下』にて

愛と冒険と
スリルとサスペンスと
革命の物語をかいくぐって
ようやくのこと
地平線にたどり着いた
ニカウさんが
助走をつけて
力いっぱいに
放り投げた
コーラの空きビンのように

単なるゴロ合わせなんですけど
Kさんの車のナンバーは
51－56
でして
こ・い・ご・こ・ろ
って
覚えておいて下さいな

がんばり屋さんの
てるちゃんへ
ずいぶんと
お久しぶりですね
おやっ、しばらく見ぬ間に
♪きれいにーなったー♪
♪おとなにーなったー♪
(遠目からではありましたが
とり急ぎ、感じたまま)

あっちゃんちまで、配達です
そしたら、サザエを6ヶ
ちょうだいしました
今朝、能登で、とれたての
キトキト、うまうま
だそうです
というわけで
本日のおつまみは
〃サザエのつぼ焼き〃

Oさんちのお庭の木に
白い花が満開でして
知ったかぶりで
「こぶしですか」と尋ねたら
「花水木」だそうです
はなみずき
というわけで、ここで一曲
♪ひゃくねん
　つづきますように〜〜♪

お題「なんで、そーなるの!!」
昨日のことです、春風に誘われて
春色の靴を買いに出かけたのは
今日のことです
そのお店のチラシ広告が
たまたま新聞にはいっていて
たまたま目にしたとたん
なんですって!!　昨日買った靴が
５８００円　↓　４８００円
４９８０円　↓　３９８０円
となってまして、しかもですよ
そのチラシには５００円と１０００円の
割引きクーポン券までついててね、
おっちゃん逆上のあまり、そのクーポン券を
くしゃくしゃに丸めて食べちゃった、の巻

例えれば
カーリングのストーンのような
うちの畑のカブラ、のお話
本来ならば
うちのオフクロの自慢の手作りの
カブラ寿司へと出世なさるはずが
当の本人、まるでやる気なし
よって、ただいま
菜の花、満開中

唐突ではありますが
障子はりに挑戦する、の巻
今は昔、どこのオタクでも年中行事みたく
やってましたよね
破って、洗って、乾かして
ぬって、はって、きって
ハイッ、一丁あがり‼
……のはずが
何がいけなかったのでしょうか
大波小波がどんぶりこ、と
で
シルバー人材センターにお頼み申して
しめて7800円也
えーい
ゼニで解決やー

今は昔
新宿は歌舞伎町
カンタベリーハウス
ギリシア館にて
（アディダスの三本線の
ウインドブレーカーを着て）
ＥＷ＆Ｆの楽曲の鳴り響くなか
めくるめく照明のもと
ポリコップの水割り片手に
直立不動、ボウゼンジシツ
途方に暮れていたのは
まごうかたなき
若き日の、このわたくしメ
ほらね、だからこんなに
あかぬけちゃって、サ

おっちゃん、ただいま
〝新しい生活様式〟
模索中
つきましては
なんべん断捨離しても
捨てるに捨てられない
『〇〇〇の百科辞典』（全32巻）
読破中

オロナミンCみたいに
元気ハツラツな
しゅん君へ
なんですと!?　お前とオレとは
3回りも違う、ってか
それって、お前とオレの違いって
お前とポチとの違いより大きい
ってか
おいおい、3回りっていえば
地球が太陽のまわりを36回
ぐるぐるぐるぐるするってことでしょ
やれやれ
オレはその間《かん》、一体全体
なにをやってたんだろうって
……シュンとなる三代目、の巻

「よんべ、なん食べたかも
なん覚えとらん
あー、ボケたボケた
あー、ボケた」
と、しきりにくどかれる
ご年配のお客様に対して
「きんのことなんか
気にしとっちゃ、あかんちゃ
そっより今日は
お昼はウナギにしょ
夜は、お刺身と天ぷらにしょ
って考えたほうが
よっぽど楽しいちゃ」
と、冗談がてらに
アドバイスしてさしあげたら……

「そんもそーやちゃ
ほんまにそーやちゃ
あー、なんか、あっかーした
おっちゃん、おっちゃん
　ありがとねー」
ってんで、わたしのことを
拝んで帰られました、とさ
というわけで、本日のテーマは
『昨日のことを悔やむなかれ』
『明日のことを思いわずらうなかれ』
『今日をせいいっぱい生きよう』
ってことで
このへんで
おひらき、としましょうや

おわびと訂正

著者プロフィール
ネイ 小記（ねい しょうき）

さて、いかがでしたでしょうか。

読書好きなお人なら、一読してお判りのように、これは読むための本というより、書くための本です。さいわい、この本には余白がたっぷりとありますから、まずはそこに、あなたの思いを思う存分、書いてみられてはいかがでしょうか。そしてそれがケッサクならば、文芸社さんに相談してみるのもよいでしょう。

そのようにして、わたしの場合、ちゅうがついたというわけでして、以上、これが最後の文章入門ということでして、はい、さようなら。

続・へのへのもへじ

2021年９月15日　初版第１刷発行

著　者　ネイ 小記
発行者　瓜谷 綱延
発行所　株式会社文芸社
〒160-0022　東京都新宿区新宿1－10－1
電話　03-5369-3060（代表）
03-5369-2299（販売）

印刷所　株式会社フクイン

ISBN978-4-286-22931-7　JASRAC　出2104202-101